To._____

14번가에서 벌어지는 행복한 이야기,
어쩌면 행복을 찾는 사람들의 이야기.

14번가의 행복

김져니 지음
개정판 1쇄 발행 2025년 9월 4일

펴낸곳 요호이
발행인 김재태
교정·교열 레이, 홍현미
E-MAIL yohoi.official@gmail.com
SNS www.instagram.com/kimjourneydiary
ISBN 979-11-988988-7-6 03810

Copyright ⓒ Kimjourney, 2021
Illustrations ⓒ Kimjourney, 2021
All rights reserved.
본 책은 저작권법에 의해 보호를 받는 저작물이므로 무단전재와 무단복제를 금합니다.
책값은 뒤표지에 있습니다.

14번가의 행복

글·그림 김져니

작은 세상　12

찰나의 흔들림　18

Cafe Bonheur　24

어느 비관주의자의 행복　30

굉장한 하루　34

러스트르의 코털 1　38

러스트르의 코털 2　44

미래를 위한 발레　48

그녀를 위한 발레　52

14번가의 펜트하우스 1　56

14번가의 펜트하우스 2   62

위대한 수학자   68

파브의 입장   74

소화제   80

좋아한다는 이유로   86

진취적인 고백   92

쉬운 결정   94

괜찮은 시작   98

캐리의 일기   102

조셉의 일기   108

작은 세상

나의 친구 또르룰루는 정말 작다. 지금도 이렇게나 작은데 어린 시절에는 얼마나 더 작았을까? 상상만 해도 끔찍하게 작다. 아마 또르룰루의 부모님은 혹여 작은 또르룰루를 잃어 버리지나 않을까 조마조마했을 것이다.

또르룰루의 부모님은 그를 위해 많은 것들을 사 모았다. 책상, 의자, 침대 그리고 카펫까지. 대부분 장난감 가게에 가면 쉽게

구비할 수 있는 것들이었다. 또르룰루를 위해서 잡지에 나온 삽화를 가위로 오려 멋진 포스터를 만들어 주기도 했다. 하지만, 어린 시절 장난감을 좀 만져본 사람들은 다들 아시겠다만, 장난감 책은 페이지를 넘길 수가 없다. 페이지가 없거나, 표지를 넘길 수 있는 책 모형을 겨우 찾더라도, 아무런 글씨가 쓰여 있지 않기 때문이다. 아마 이건 인쇄기술의 한계일 것이다. 그래서 호기심 많은 나의 작은 친구 또르룰루는 독서에 한해서는 조금의 불편함을 감수할 수밖에 없었다. 또르룰루는 자신의 몸보다 다섯 배는 더 큰 책 한 권을 펼쳐두고는 그 위에 누워 책을 읽었고, 하나의 문단을 읽기 위해서 온 몸을 사용해야

했다. 그렇기 때문에 또르룰루가 책 한 권을 읽기까지 짧으면 한 달, 길면 서너 달까지 걸렸다. 비록, 읽은 책의 권 수로 따지자면 친구들에 비해 한참 뒤쳐졌지만, 독서 시간만으로 따지자면 또르룰루를 이길 수 있는 이는 없었다. 또르룰루는 매일 아침에도, 잠들기 전에도 책을 읽었기 때문이다.

내 친구의 특별함은 여기에서 시작된다.

또르룰루는 아침에 일어나 학교에 오기 전에 읽은 두 문장을 하루 종일 되새김질했다. 그리고 점심시간 쯤에는 단어 하나하나에 숨겨진 철학적인 의미까지 끌어내어 나를 당황케했다.

한 번은 점심 도시락을 먹던 중에 또르룰루가 "행복은 어디에서 시작되는 것일까?"라고 물어서 마시고 있던 소다를 입 밖으로 뿜어낸 적도 있다. 도대체 이런 질문은 어디에서 오는 걸까?

나의 소중한 친구를 관찰하면 관찰할수록 나는 그만의 특별함에 대해 생각하게 되었다. 우리가 그냥 지나쳐버리는 하루가 또르룰루에게는 조금 더 천천히 흘렀다.

그리고 관찰의 끝에 나는 더 이상 키가 크지 않았으면 좋겠다는 결론에 도달했다. 조금 늦었지만, 나도 또르룰루가 세상을 사는 방법을 누려보고 싶어졌기 때문이다.

특히나 매일 저녁이면 신문 스포츠면을 들추다가 잠에 들어버리는 우리 아빠처럼 시간을 빠르게 흘려보내고 싶지 않다는 생각이랄까.

찰나의 흔들림

'가만 보자…나는 지금 행복한 걸까.'
이 생각은 어딘가에서 불쑥 등장해서는 스미스 웰링턴의 아침을 망쳐놓았다.

스미스는 여느 날과 같이 아침 7시에 동네를 한 바퀴 조깅 - 이라 부르지만 산책에 가까운 - 하고, 미지근한 물에 샤워를 한 뒤, 갓 내린 커피 한 잔이 담긴 텀블러를 들고 집을 나왔다. 오늘은 운이 좋았다. 14번가역에 도착하자마자 기차가 도착했고, 이 시각 기차는 출근길 사람들로 붐벼 앉을 자리가 없는 것이 보통의 경우인데 (잘 알다시피, 어느 도시나 오전 8시의 풍경은 얼추 비스름하다) 이날 따라 비어있는 좌석이 있었고 - 스미스는 순간 자신이 지각을 한 것이 아닌가 시계를 확인했다 - 그 덕에 스미스 웰링턴도 모처럼 좌석에 앉아 출근을 하는 길이었다. 그런데 불현듯 이런 생각이 들이닥친 것이다.

이 생각은 지저귀는 새소리에 발맞추어 걷던 아침 산책(조깅의 속도는 아니었음을 인정하자)도, 미지근한 샤워 속에서 보사노바에 맞추어 흔들던 엉덩이춤도, 텀블러에 담겨 퍼져 올라오는 고소한 원두 향까지도 모두 아무것도 아닌 것으로 만들어 버렸다.

스미스는 그렇게 한순간에 무너졌다. 자세히 생각해 보면, 그는 이번 달 방세를 지불해야 다음 달을 기대할 수 있는 세입자였고, 매일 아침 스타벅스 커피를 마시는 것이 아직 그의 사회적 레벨에서는 사치라고 판단해서 싸구려 커피콩을 드립 커피로 내려먹고 있었기 때문이다.

스미스의 생각은 꼬리에 꼬리를 물고 늘어졌고, 어느새 기차는 센트럴역에 도착했다. 예닐곱 대는 탑승객들이 자리에서 일어나 지하철 밖으로 나갔다. 곧 이어 서너 명 정도되는 탑승객들이 열린 문 사이로 들어왔다.

지금 내가 행복한 것인지 확신이 없어 보이는, 삼십 대쯤 되어 보이는 양복을 입은 사람들이 (스미스를 포함하여).

멍하니 그들을 쳐다보던 스미스는 허둥지둥 양복쟁이들을 뚫고 열린 문 사이로 나와 계단을 올라갔다.

지하철 출구 밖으로 나오니 아직 아침 공기가 차가웠다. 스미스와 양복쟁이들은 또 다른 양복쟁이들 무리에 섞여 각자의 행선지로 향했다. 스미스는 어느새 그의 아침을 흔들어 놓았던 질문에 대해서는 까마득하게 잊고 있었다. 텀블러에 담아온 커피향이 고소하게 올라와 그를 행복하게 했다.

Cafe Bonheur

"저기, 아메리카노 한 잔 부탁드려요."
"저기요, 아메리카노 한 잔..."
베르네는 카페 'Bonheur'의 야외 테이블에 자리를 잡고, 벌써 네 번째 웨이터를 부르고 있다. 웨이터는 베르네의 옆 테이블에 앉은 쿠바산 담배를 피우고 있는 노인의 주문을 받고, 베르네 뒤테이블에 앉은 20대 정도 되어 보이는 연인의 주문까지 받아 적고는 가게 안으로 들어가 버렸다. 이 정도면, 야외 테이블에 앉은 모든 손님들이 베르네의 주문을 들었을 것이다. 심지어 길가는 행인마저도 흘끗 그녀를 쳐다보는 듯했다.

따스한 햇살이 광장을 비추었고, 베르네가 앉아있는 철제 의자는 오랜 시간 태양열에 노출되어 뜨끈하게 달아오른 상태였다. 아직 봄바람이 찼지만, 따뜻한 의자에 앉아있으니 베르네는 행복했다.

아무것도 주문하지 못해 테이블 위는 허전했지만, 베르네는 오히려 잘된 일이라고 생각했다.

'그래, 어차피 커피를 마시면 오늘 밤도 잠을 설치게 되잖아. 오히려 잘 된 일이야. 더구나, 주문도 하지 않은채 이 따뜻한 테이블을 차지하고 있으니, 나야 좋은 일이지 뭐. 따지고 보면, 나는 몇 번이나 주문을 하려고 했다고. 커피를 주문하지 못한 것이 아니라, 웨이터가 주문을 받으러 오지 않은 거지.'

베르네는 이참에 자리에 눌러앉아 몸을 녹이기로 했다. 그러다 보면 웨이터가 주문을 받으러 오겠거니 하며. 혹여 그대로 주문을 받으러 오지 않는다면 조금만 더 몸을 녹이다가 테이블을 찾는 손님이 보일 무렵 자리에서 일어나면 그만인 것이다.

이렇게 생각하니 방금 전 베르네의 주문을 무시한 (그것도 네 번이나) 웨이터에게 소심한 복수를 한 기분이 들어 짜릿했다.

'그래, 이런 게 행복이지.'
그녀는 한술 더 떠서 자리에서 일어나 웨이터에게 일침을 날리는 상상도 했다.

'이렇게까지 손님 응대가 엉망인 카페는 처음 보았어요.'라고 카운터에 기대 한참 허공만 바라보고 있는 저 웨이터에게 크게 한 방을 먹이는 것이다. 통쾌한 승리!

철제 의자가 태양열을 받아 점점 더 뜨겁게 달아올랐다. 차가운 바람이 살랑 불어오고, 햇살은 14번가 광장을 뜨겁게 비추었다. 베르네는 자리에서 일어나 집으로 들어가야겠다고 생각했다. 조금 더 거리를 걸으려면 선크림을 바르거나 모자라도 가지고 나와야겠다는 생각으로.

때마침 웨이터가 베르네를 향해 걸어왔다.

"이쪽에 앉으시면 됩니다, 마담."
웨이터는 흰머리에 선글라스를 낀 여인을 베르네가 앉아있는 테이블로 안내했다.

*베르네는 투명 인간이었다.

어느 비관주의자의 행복

카이라가 괜찮다고 말하는 것은 좋다는 의미이며, 나쁘지 않다고 말하는 것은 괜찮다는 의미다. 그녀는 가슴이 두근거리는 순간에도 이 정도면 나쁘지 않다고 말하며 찬물을 끼얹고 마는 비관주의자다.

그녀가 비관주의를 고집하는 이유는 아래와 같다.

첫째, 그녀는 어려운 여자가 되고 싶다. 그녀는 본인에게 관심을 표현하는 이성에게 호락호락한 여자가 되고 싶지 않았다. 도도한 무언의 아우라로 점철된 스스로를 만들고 싶었다. 그래서 그녀는 피터에게 작약 꽃다발을 받던 날에도 '꽃으로 마음을 사려는 것은 구시대적인 발상'이라는 표현을 함으로써 마음 여린 그에게 상처를 주었다. 그리고 한층 더 어려운 여자가 되었다.

둘째, '불행은 늘 행복한 순간에 찾아온다'고 생각한다. 물론, 비관주의자 카이라도 행복하다고 느끼는 순간들이 있다. 그럴 때마다 그녀는 행복해하는 스스로를 채찍질하며 다시 비관의 끈을 붙들고 '비관주의자 카이라'의 모습으로 돌아오고는 한다. 이렇게 하지 않으면 누군가 이 행복을 다시 빼앗아갈 거라는 불길한 걱정이 그녀의 머릿속을 지배하기 때문이다. 그럴 바에 행복한 생각을 하지 않기로 선택한 것이다.

물론 그녀도 스스로가 어려운 길을 택했음을 잘 알고 있었다. 행복이라는 것이 참 쉽고 일상적인 감정이기에 이렇게라도 비관적이지 않으면 언제든 쉽게 찾아온다는 사실도 매우 잘 알고 있었다.

역설적이게도, 카이라, 그녀를 관찰해 보면 그녀가 꽤나 행복을 잘 느끼는 사람이라는 것을 알 수 있다. 단지, 그녀 스스로는 그것을 약점이라고 생각하고 있는 것뿐이고. 어쩌면 행복이 주는 불안함을 감싸줄 그런 사람이 그녀의 인생에 아직 등장하지 않은 것뿐일 수도 있고.

굉장한 하루

"굉장한 이야기에요!"

"대단해!"

"조금만 더 하면 되겠어요!"

브라운 씨는 보이는 것보다 더 과장되게 표현함으로써 스스로를 속이고, 또 타인을 속이는 것에 익숙하다. 그런데 신기한 것이 하나 있다면, 그의 과장된 말들이 우스꽝스럽다는 것을 잘 알면서도, 그와 함께하면 괜스레 기분이 좋아진다는 것이다. 마치 어른이 되어서도 산타클로스를 믿는 것처럼!

러스트르의 코틸 1

이것은 지구다. 지구에는 인간이라 불리는 생명체가 활발하게 번식을 하며 살고 있다. 지구는 24시간에 한 바퀴의 주기로 회전을 하기에, 지구의 절반은 태양빛을 받고 (이들은 이것을 낮이라고 부른다) 또 다른 절반은 어둠을 맞이한다 (이들은 이것을 밤이라고 부른다).

이곳은 밤을 맞이한 지구의 한 측면이다.
어라? 어두워야 할 시간인데 빛나는 곳이 있으니 조금 더 확대해 보겠다.

이곳은 밤 12시의 어느 도시다. 무려 하루의 절반을 태양과 함께 하지만, 지구에 사는 인간이라는 생명체는 끊임없이 빛을 갈구한다.

빛나는 불빛 중 하나를 골라 조금 더 확대해 보겠다.

저 인간은 러스트르다. 생명체에 대한 존중을 담아 '러스트르 씨'라고 부르겠다. 이곳은 러스트르 씨의 집이다. 러스트르 씨는 깜깜한 방에 전등을 켜고 무언가에 열중하고 있다.

러스트르 씨를 조금 더 확대해 보자.
그는 코털을 뽑고 있다. 내일 있을 첫 데이트에 가기 위해 단장을 하고 있는 것이다. 러스트르라는 생명체가 하필이면 어둠 속에서 코털을 뽑고 있는 이유는 무엇일까? 날이 밝았다고 하여도, 허둥지둥 나갈 채비를 하다가 코털 다듬기를 까먹을까 봐 생각난 김에 미리 해두려는 것이다. 어둠 속에서 러스트르 씨는 무척이나 행복해 보인다.

인간이라는 생명체는 조금 더 관찰이 필요해 보인다.

러스트르의 코털 2

오늘은 러스트르 씨가 생애 처음으로 이성과 영화관에 가는 날이다. 이렇게 이야기하니 그가 꽤나 매력 없는 남성처럼 느껴지다만, 그는 훤칠한 키에 갈색빛 눈동자를 가지고 있는 매력적인 남성이다. 다만, 부족한 점을 찾자면, 그는 조금 예민한 구석이 있어서 한 명의 이성과 오랫동안 교제를 해보지 못했다는 것이다.

도대체 얼마나 예민하길래 이렇게 멋진 남성이 단 한 번도 제대로 된 연애를 해보지 못한 것인지 개탄스러울 정도다. 그래서 조금 더 구체적으로 설명해 보자면, 러스트르 씨는 데이트에 나온 여성의 신발 위에 묻은 먼지 - 손톱에 낀 때 - 코털 - 눈곱 순으로 상대를 관찰한다. 그리고 이 중 하나라도 깔끔하지 못하면 그는 상대와 대화도 해보기 전에 마음을 접는다.

하지만 오늘은 다르다. 예민쟁이 러스트르 씨의 마음을 사로잡은 여인이 나타난 것이다. 그는 데이트가 있기 전 날 밤부터 설레는 마음에 밤을 설쳤다. 그는 이성과의 데이트 그 자체가 설레는 것인지, 혹은 누군가와 함께 보는 영화관을 간다는 사실에 심장이 뛰는 것인지 알 바가 없었다.

러스트르 씨는 약속 시간 5분 전에 그녀와 만나기로 한 영화관 매표소에 도착했다. 그가 도착한 뒤 대략 1분 20초 정도가 흐르고 그녀가 등장했다. 그는, 첫째, 약속 시간을 지키는 그녀의 모습에 감동했으며, 둘째, 그녀의 깔끔한 단발머리를 보며 황홀함을 느꼈다.

러스트르 씨와 그의 데이트 상대가 함께하는 *첫 영화관 데이트*는 성공적이었다 (첫 영화관 데이트라는 점을 강조하고 싶다). 그는 누군가와 팝콘을 나누어 먹으며 영화를 보는 것이 꽤나 즐거웠고, 그와 그녀가 팝콘을 입에 넣는 타이밍이 비슷하다는 점도 마음에 들었다.

두 사람은 영화의 엔딩 크레딧이 올라가는 순간까지도 자리를 지켰다. 러스트르 씨는 행복했다. 이 모든 것이 완벽했다.

영화가 끝나자 영화관에는 러스트르 씨와 그녀만이 남았다. 그때 그녀가 말했다.
"우리 이만 저녁 식사를 하러 갈까요?"

그는 옆에 앉아 두 시간 동안 리듬을 나누던 영혼의 파트너를 바라보았다. 그리고 그녀의 하얀 앞니 사이에 낀 옥수수 껍질을 발견했다. 하필 이 순간에 옥수수 껍질 따위가! 하지만, 옥수수 껍질 따위로 운명의 상대를 놓칠 수는 없지 않은가! 그는 그녀의 앞니 사이에 끼어 있는 황톳빛 옥수수 껍질을 가볍게 무시하며 이렇게 대답했다.

"네, 좋아요. 이 근처에 제가 미리 찾아둔 이탈리안 레스토랑이 있어요. 좋아하실 거예요."

미래를 위한 발레

서른 살이 된 바바라는 성인 발레 수업을 등록했다.

발레복을 입고 싶다는 외적인 욕심 때문이 아니라, 하나의 동작을 완성하기 위해 근육을 사용하는 발레의 우아함이 마치 인생을 사는 자신의 모습과 같다는 생각을 했기 때문이다. 그녀는 큰 욕심을 내지 않기로 했다. 발레 동작을 하나 둘 배워 나가다 보면, 그녀의 삶에도 그리 어려울 일은 없으리라.
그리고 조지가 있지 않은가. 바바라는 조지가 등록한 발레반에 등록하기 위해 매주 수요일마다 즐겨보던 '수요 이브닝-쇼'도 포기했다.

바바라는 조지와의 발레를 상상하고는 했다.

그러고는 줄곧, '물론, 내가 발레를 배우기로 한 것은 삶이 주는 과제들을 하나씩 이뤄 나갈 나의 미래를 위한 투자일 뿐, 조지 때문은 아니야.'라고 하며 사색에 잠기고는 했다.

그녀를 위한 발레

조지가 발레를 배우기 시작한 것은 지난 여름부터다. 테니스 클럽에서 만난 안젤라가 언제부터인가 코트에 등장하지 않았기 때문이다. 수소문 끝에 그녀가 매주 수요일 저녁마다 발레를 배우기 시작했다는 것을 알게 되었다.

조지는 평소에 남의 꽁무니나 따라다니는 그런 일을 좋아하지 않지만, '테니스를 치며 나름 합이 잘 맞았던, 그녀가 배우는 스포츠라면, 배워볼 법 하다'는 간단한 합리화를 거쳐 수요일 발레반에 등록했다.

아쉽게도 안젤라가 조지를 알아본 것은 발레반 수업이 시작하고 3주가 지난 어느 수요일 저녁이었다.

"조지! 발레도 배워요?"
안젤라는 조지를 알아보고는 반갑게 인사하며 달려왔다.

"그러게 말이에요, 안젤라도 발레에 취미가 있는 줄은 전혀 몰랐어요."
조지는 안젤라를 만나면 사용할 멘트를 미리 준비해두었기에, 조금도 당황하지 않고, 자연스럽게 그녀와의 대화를 이어나갈 수 있었다.

"네, 아는 동생이 수업을 하는 수요일만 찾아와요. 수강생이 많으면 좋을 것 같다길래, 동생 부탁으로 오는 거죠. 신기하게도 이게 효과가 있어요. 다음 달 수업은 수강생이 이미 가득 찼고, 대기자까지 있다지 뭐예요? 그래서 이번 달이 마지막이에요. 하루빨리 코트에 나가 포워드 스윙을 하고 싶어 못 참겠어요, 조지!"

14번가의 펜트하우스 1

14번가 25번 건물. 내가 살고 있는 건물의 주소다.
나는 이 건물 맨 꼭대기 층, 그러니까 펜트하우스에 거주하고 있다.

내가 백만장자 생쥐냐고? 천만의 말씀. 돈이 많고 적고는 인간들의 부동산 시장에서나 통용되는 이야기일 뿐이다. 부동산업계에서는 펜트하우스, 전망 좋은 층, 역세권…등등 갖가지 이름을 붙여 비싼 가격에 판매하지만, 우리 생쥐 세계에서는 사실상 먼저 자리 잡는 사람이 임자인 시스템으로 거주지를 정한다.

내 입으로 소개하자니 낯간지럽다만, 나는 수많은 경쟁을 뚫고 가장 먼저 펜트하우스에 입성한 행운의 소지자라는 말씀이시다.

지금부터 내가 펜트하우스에 입성하게 된 긴 이야기를 이 책을 빌미로 스리슬쩍 공개해 보고자 한다 (부디 이 책을 읽는 독자들 중, 생쥐는 없기를 바란다. 아직 내 친구들에게도 공개한 적 없는 1급 기밀이기 때문이다).

대략 3년 전, 14번가길에 지어질 새 건물 공사가 시작되었을 무렵, 25번 건물의 펜트하우스는 누가 차지할 것인가는 이 동네 생쥐들의 뜨거운 감자였다. 생쥐들은 매일같이 공사장 건너편 건물 옥상에서 부지를 내려다보면서 누가 그 행운의 생쥐가 될 것인가에 대한 이야기를 나누었다.

다양한 아이디어가 오고 가던 사이, 25번 건물은 어마 무시한 속도로 높이를 높여갔고, 어느 시점부터는 '25번 건물 펜트하우스 입성을 위한 토론회'에 참가하는 생쥐들도 하나 둘 줄어들기 시작했다. 건물이 생각보다 높았기 때문이다 (높은 건물의 펜트하우스에 입주하러 떠났다가 다시는 소식을 듣지 못하게 된 친구들이 있다).

게다가 생쥐들의 허영심은 인간만큼 강하지가 않아서, 굳이 펜트하우스가 아니어도 충분히 행복할 수 있다는 굳건한 믿음이 있다. 단적인 예를 들자면, 우리는 작은 치즈 조각 하나로도 파티를 열고는 한다.

그리하여, 공사가 완료되어 입주자들이 이사를 올 무렵, 25번 건물 펜트하우스는 우리 생쥐들 사이에서 '줘도 갖지 않을 집'이 되어버렸다.

이런들 저런들

행복한 하루

14번가의 펜트하우스 2

한 달이 채 지나지 않아, 25번 건물의 대부분 입주자들은 이사를 맞췄다. 동시에 펜트하우스에 대한 미련을 버리지 못하던 몇몇 동료 생쥐들 역시 입주를 위한 여정을 떠났다. 나의 가까운 친구 헨리는 우여곡절 끝에 6층에 입주했다. 나는 여전히 펜트하우스에 대한 꿈을 버리지 못했지만, 그렇다고 용기 있게 여정을 떠날 포부도 없었다. 그저 내가 할 수 있는 거라고는, 매일 같이 찾아오는 새로운 입주민들을 구경하는 것이었다.
그로부터 몇 주가 흘렀을까. 이날의 기억은 여전히 생생하다.

비가 부슬부슬 내리던 어느 수요일이었다. 유독 날이 흐렸지만, 마지막 입주자가 이사 온다는 소식에 꼭두새벽부터 25번 건물 옆 화단으로 나와 이삿짐 트럭이 오는 것을 구경하고 있었다. 그리고 바로 이날, 나를 펜트하우스로 구제해 줄 강아지 '파브'를 만나게 되었다.

지금부터 들려줄 나의 이야기를, 그 어느 생쥐가 믿어줄 것인가! 의외로 우리 생쥐들이 가장 피하고 싶어 하는 첫 번째는 강아지다. 흔히들 생쥐의 천적은 고양이라고 하지만, 고양이

는 조용하기라도 하지. 강아지는 사정없이 꼬리를 흔들며 우렁찬 성량으로 짖어대기까지 해서 여간 귀찮은 일이 아니기 때문이다.

파브는 25번 건물에 입주하는 백발의 할머니 그랑데 씨와 함께 이사 온 비글이었다. 파브는 내가 아는 비글들과 다르게 고고한 걸음으로 그랑데 씨의 꽁무니를 따라다녔다. 그랑데 씨는 이삿짐을 나르다가는 주변을 서성이는 파브를 철제 케이지에 넣어두었다.

그때 무슨 용기가 났던 것인지, 나는 파브가 있는 케이지 근처로 다가갔다 (훗날 나의 자식들에게 해줄 영웅담으로 적절해 보인다). 케이지 안에는 눈을 절반 정도 감은 파브가 추위를 피하기 위해 몸을 웅크린 채, 나를 바라보며 말했다.

"꼴이 처참하네, 물에 빠진 생쥐 같다는 게 딱 너를 보고 하는 말이구나. 이리 와, 이 속은 따뜻할 거야."

"멍멍! 멍멍멍멍! 멍멍멍멍멍 으르르르 멍멍!"
"찍찍-찍찍."

그 뿐이었다.

그렇게 나는 파브의 품에 안겨 25번 건물 안으로 포근하게 입성할 수 있었다. 비글에게 안긴 생쥐라니 그 누가 상상이나 해보았을까. 그리고 이보다 더 믿지 못할 일은 바로, 백발의 그랑데 할머니가 14번가 25번 건물의 펜트하우스 입주자였다는 것이다. 세상에!

"이쪽으로 안내드리겠습니다, 마담."
"고마워요."

위대한 수학자

그레고리 갈로퍼 쥬니어.
그는 이과생이라면 누구나 한번쯤 가슴속 깊은 곳에서부터 흠모한 적이 있는 위대한 물리학자이자 수학자다. 그는 연구를 통해 숫자와 인간의 삶을 연결 짓는 아름다운 예술을 펼쳐내기 때문이다. 예를 들자면, 한 여자와 사랑에 빠진 남자가 여자에게 프러포즈하여 성공할 수 있는 수학적 확률을 계산해 내어 프러포즈 할 정확한 시각과 그날 들고 가야 할 빨간색 장미 꽃다발의 질량까지 예측하는 수식을 만들어 낸 것이 바로 그레고리다.

게다가 그는 얼마나 겸손한 학자인지, 이 수식을 발표함과 동시에 전세계 수많은 연애 버라이어티 쇼에 초청받았지만, 그는 대중 앞에 얼굴을 드러내기를 한사코 거절했다. 그에게 있어서 지속적인 연구를 위해 가장 중요한 덕목은 겸손이었기 때문이다.

그의 연구는 늘 즉흥적이었기에
많은 물리학자들은 그를 예술가에 가깝다고 평가했다.

어느 금요일 저녁, 그레고리는 레드 와인을 잔의 4분의 1 정도 담아 입술에 닿을 듯 말 듯 조금씩 들이키며 고요한 시간을 보내고 있었다.

"아, 바바라…"
그레고리는 와인에 취해 옛 여인의 이름을 불러보았다. 바바라와 헤어진 지 근 4년의 시간이 흘렀지만, 아직 그녀를 잊지 못하고 있는 것이었다.

"투명하고 아름다운 그녀의 눈빛."
바바라는 맑고 투명한 크리스탈 같은 눈빛으로 아랫집에 사는 머독과 바람이 났고, 그레고리에게는 지우지 못할 상처를 남겼지만, 그는 4년이 지난 어느 금요일 저녁에도 그녀를 추억하고 있었다. 문득, 그는 자리에서 벌떡 일어나 와인잔을 내려놓았다. 새로운 연구 과제가 떠오른 것이었다. 가슴 아픈 이별에서 완벽하게 회복하기까지 걸리는 시간에 대한 연구.

그의 질문은 여기에서 시작되었다. 인간이란, 어떤 비극적인 기억일지라도, 일정 시간을 투여하면, 행복 혹은 그 언저리의 추억으로 미화하기 시작하는 것이 아닐까.

그레고리는 바바라를 사랑했다.
무려 4년이 흐른 지금도 그의 책상 위에는 그녀와의 사진이 놓여있다.

바로 프로젝트에 착수한 그레고리는 그렇게 서너 달을 방 안에 처박혀 연구에 몰입했다. 그가 완성하려는 연구 목표를 대략적으로 설명해 보자면 다음과 같다. 가슴 아픈 기억을 마이너스 (-)라고 하고, 좋은 기억을 플러스 (+)라고 한다면, 마이너스(-)가 영(0)이라는 기준점을 넘어 플러스 (+)에 도달하는 시간 n년과 이를 계산해 낼 수 있는 수식을 구하라.

그는 연구하는 내내 괴로웠다. 더 많은 예시를 위해서 바바라와의 추억들을 끄집어내야 했기 때문이다. 그중에는 아직 마이너스(-)에 해당하는 기억들이 있어 그의 가슴을 후벼 팠다. 그럼에도 그레고리는 연구를 지속했다. 하루빨리 수식을 완성해 지금 이 순간에도 이별로 인해 고통받고 있는 이들을 구제해야 한다는 학자로서의 사명감이었다.

언젠가 이 연구가 결실을 맺는다면, 쓰라린 기억으로 고통받고 있는 이별한 연인들에게 하나의 이정표가 될 것이다.

그렇게 인고의 시간이 흐른, 어느 화요일 새벽, 그레고리는 시간과 이별의 아픔에 대한 회복이라는 수식을 만들어 내었고,

그와 바바라 사이에 있는 숫자 n년에 들어갈 값을 계산해 낼 수 있었다.

$$n = 13년\ 1개월\ 22일$$

그레고리는 이번 연구를 마지막으로 더 이상의 계산식은 연구하지 않기로 결심했다. 특히, 사랑에 대해서라면 더더욱.

파브의 입장

나의 인생은 현란하기 그지 없었다.

모든 삶이 그러하듯, 슬픈 날에는

좋은 날이 올거라 믿으며,

* 58페이지 참고

기쁜 날에는, 두 번 다시 오지 않을 날처럼

행복해하며,

그 어느 비글 인생에 견주어도 뒤지지 않을

화려한 젊은 시절을 보냈다.

그리고 나의 모든 순간에는 늘 그랑데가 있었다.

나는 그녀에게 웃음을 주는 존재였고,

슬픈 날에는 그녀 곁을 지켜주는 존재였다.

나는 현란했던 나의 삶을 뒤로하고,

이제는 그랑데의 템포에 맞추어주는 삶을 살기로 했다.

나의 모든 것을 받아준 그랑데.

그녀의 보폭에 맞추어 남은 시간을 함께 할 것이다.

비글답지 않다만,

결코 지루한 삶은 아닐 것이다.

소화제

지금 막 하버드 동문들과의 저녁 식사를 마치고 돌아온 브라우스는 현관을 들어서자마자 부엌 선반을 향했다. 그는 늘 선반 오른 편에 소화제를 쟁여둔다.

"두 박스나 사다 뒀는데, 한 병 남았네. 제길."

그는 마지막 남은 소화제 한 병을 집어드려다 말고는 그 위 칸에 놓여있던 위스키 병을 들었다. 내일은 MIT 교수진과 저녁 식사가 잡혀있으니 소화제는 내일을 위해 아껴두기로 한 것이다.

그가 집어 든 위스키는 호리호리한 입구와 넓고 우아하게 빠진 병에 담겨있었다. 작년 덴마크에서 열린 '국제 유가에 대한 전망과 대응 전략'이라는 동계 워크숍에 참여했다가 호텔에서 주최한 럭키드로우로 받은 - 그들이 강조하기로는, 50년 이상 숙성된 - 고급 위스키다. 그는 유리잔에 얼음을 하나 넣고는 위스키를 살짝 따랐다. 50년 이상 병 속에 갇혀있던 알코올이 병 밖으로 고개를 드는 순간, 성숙한 시간의 향기가 풍겨올라 왔다.

"이거지."

그는 노란색 가죽 소파에 앉아 유리잔을 천천히 돌리며 위스키 향을 조금 더 느꼈다. 그만의 시간, 고급 향기. 쳇기가 조금 진정되는 기분이었다.

조금 기분이 나아진 브라우스는 소파 옆에 놓여있던 경제 주간지를 펼쳐 들었다. 바닥에는 그가 매일같이 사다 모은 신문과 주간지가 산더미로 쌓여있었다. 모두 14번가역 앞에 위치한 신문 가판대에서 사다 모은 것들이다. 그는 하루도 빠짐없이 이곳에 들러 읽지도 않을 신문과 주간지를 구매했다.

브라우스가 매일같이 신문을 사 모으기 시작한 것은 이곳에서 근무하는 톰이라는 파트타임 직원을 알게 된 이후다. 톰은 오전 출근시간에만 잠깐 근무하는 곱슬머리에 이십 대 남짓의 청년인데, 그는 톰에게 짧게나마 말을 붙여보고 싶어 매일 아침이면 이곳을 들린다. 톰은 가판대에 앉아 신문 헤드라인을 읽으며, 무심한 듯 한마디씩 던지고는 하는데 그 한마디가 브라우스의 답답한 가슴을 뻥뻥 뚫어주기 때문이다.

예를 들자면, "전쟁을 하고 싶으면 자기들끼리 싸우던지요, 안 그런가요, 브라우스 씨?"라는 - 브라우스가 발언했다가는 대외적으로 논쟁을 불러일으킬 수 있는 - 이야기라던가, "땅 파서 기름 좀 나온다고 대수는"처럼 브라우스는 입에 담기 조심스러운 이야기를 - 톰은 가판대에 앉아 초콜릿 도넛을 입에 물고는 - 스스럼없이 하는 것이다.

그는 매년 참가하는 동계 워크숍도, 발제자로 참여했던 수많은 콘퍼런스들도 톰의 신문 가판대만 못하다는 생각을 했다. 그가 일평생 소화제를 달고 사는 이유도 아마 여기에 있을 것이다. 이십 대 중반 정도 되어 보이고, 얼굴에 핀 주근깨를 보

아 어릴 적 태양볕 아래서 꽤나 뛰어놀았을 것 같은 나이 어린 파트타임 직원이 자신보다 더 행복하다는 것은 명백한 사실인 것이다.

오죽하면 그는 모든 직책을 집어치우고 매일 아침 따뜻한 아침 햇살을 받으며 톰 옆에 앉아 커피에 초코 도넛을 찍어 먹는 위험한 상상을 하기도 했다. 세상은 브라우스 같은 전문가를 기다리고 있는데 말이다!

그는 내일 출근길에 도넛에 커피를 마셔야겠다는 생각을 하며 잠에 들었다. 50년의 성숙함을 풍기던 위스키 향도 희미해져갔다.

중요한 것은 초코 도넛과 커피

좋아한다는 이유로

조심성 많은 텍스는 늘 안전한 것을 추구했다. 돌다리도 두들겨보고 건넌다는 말이 있다만, 그는 열심히 두들겨 본 다음에도 돌다리를 건너지 않는 완벽한 안전주의자였다. 그런 텍스에게 작년에 선물 받은 두발자전거는 애물단지였다. 보조바퀴를 달아볼지 고민해 보지 않은 것은 아니지만, 그것은 그의 자존심이 허락하지 않았다. 안 타면 안 탔지.

그래서 선물 받은 자전거를 타지 않았다. 매우 텍스다운 결정이었다. 이 돌다리는 두드려 볼 필요도 없는 돌다리였던 것이다.

"텍스, 이 자전거 타지 않을 거면 아랫집 데이브한테 주는 건 어떨까?"
어느 토요일 아침, 텍스의 아빠 패트릭은 이런 제안을 했다. 패트릭은 조심성 있는 아들을 침착하게 기다려주는 편이지만, 일 년도 넘게 방치되고 있는 자전거가 아깝다는 생각이 들었다.

"오, 좋은 생각이에요!"
텍스는 바로 아빠의 의견에 찬성했다. 데이브는 진취적이니 두 발 자전거를 한 번에 정복할 것이라는 확신이 들었기 때문이다. 텍스는 이날 오후 자전거를 끌고 집 앞 공터로 나갔다. 성격 급한 데이브가 자전거에 올라 페달부터 밟아보기 전에, 일종의 안전 점검을 하기 위함이었다. 비록 자전거에 대해 전혀 아는 바가 없다만, 안전에 대한 것이라면 자신 있었다. 자전거 바퀴에 바람은 빠지지 않았는지, 페달은 잘 굴러가는지, 그리고 무너지지는 않을지.

원래 사건 사고는 불현듯 벌어지기 마련이다. 그리고 사건은 바로 이 순간 벌어졌다. 그만의 안전 진단을 거친 후, 마지막으로 안장 위에 앉아 자전거의 착석감이 어떠한지 확인을 하던 중이었다.

"안녕, 텍스! 나 바로 저 아래 도넛 집까지만 데려다주지 않을래?"
평소에 텍스에게 말 한마디 건네지 않던 마를린이 등장한 것이다. 그녀에 대한 짧은 소개를 하자면, 텍스는 그녀를 짝사랑하고 있다. 그저, 안전한 사랑을 위해 좋아하는 마음을 표현하지 않고 있었다. 돌다리는 두드려보고 건너지 않는 것이니까!

"마...마를린, 안녕."
"출발하자 얼른! 늦겠어!"
텍스가 무언가 말을 이어 나가려 하자, 마를린은 잽싸게 그가 앉아있는 자전거 뒷좌석에 올라탔다. 곧 마를린은 고사리 같은 두 손을 텍스의 어깨 위에 올리고 소리쳤다.

"자, 출바알!"
화들짝 놀란 텍스는 얼떨결에 다리 하나를 페달 위에 올렸다.

남은 건 출발뿐.
아직 점검이 채 끝나지 않은 두발자전거 위에 짝사랑하는 여자아이의 생명까지 달린 것이다. 텍스는 일종의 책임감 같은 것을 느끼며, 두 손으로 핸들을 꽉 쥐었다. 두 다리가 지면에서 떨어졌다. 당연한 일이지만, 바퀴가 굴러가니 페달이 움직였다. 그리고 텍스는 그 페달의 장단에 그의 두 다리를 맡겼다. 아주 살짝, 대략 12도 정도의 각도로 경사진 내리막길을 따라 자전거에 속도가 붙기 시작했다.

"텍스, 최고야!"

마를린이 외쳤다. 완벽한 안전주의자 텍스가 두 발 자전거를 정복한 것은 순전히 마를린 때문... 아니, 덕분이다!

진취적인 고백

마를린은 성격이 급한 편이다. 그래서 텍스가 자신을 좋아한다는 사실을 알고 있으면서도 모른척하고 있는 것은, 그녀에게 굉장히 힘든 일이다. 텍스는 마를린의 생일 파티에서도 가지고 온 선물을 탁자 위에 올려두고 말았으며, 지난 크리스마스이브에는 빨간색 나비넥타이를 매고 찾아와서는 마를린의 친오빠 앙르에게 산타가 안전하게 집에 들어올 수 있게 창문을 살짝 열어두고 자는 것은 어떻게 생각하냐는 둥 헛소리를 하고 간 적도 있다. 성격 급한 마를린은 굉장히 답답했지만, 그런 텍스가 귀여웠다.

그러던 어느 토요일 오후, 공터에서 자전거 한 대를 가지고 끙끙대고 있는 텍스를 발견한 것이다. 마를린은 길 건너 벤치에 앉아 텍스를 관찰했다. 귀여운 텍스는 핸들을 붙잡고 앞뒤로 흔들어보고, 바퀴를 두 손으로 조물딱-조물딱거렸으며, 옆에 있던 돌멩이로 세게 내리치고 나서는 귀엽게 미소를 짓고 있었다. 만족하는 듯한 표정이랄까. 그러고는 페달을 앞으로 돌리다가 뒤로 돌리다가 한참을 그러고 앉아 자전거를 살펴보고 있었다.

"도대체, 언제 타는 거야."
보다 못한 마를린은 자리에서 일어났다. 일 년을 기다렸으면 된 것이다. 아무래도 진취적인 마를린이 나서줘야 할 차례가 온 것이다.

쉬운 결정

브릴린은 14번가를 떠나기로 마음먹었다.
얼마 전 세 번째 남자친구와의 지긋지긋한 연애를 끝내면서, 이 거리도 지겨워졌기 때문이다. 이곳을 떠나야 새로운 시작을 할 수 있을 거라는 생각. 그렇게 그녀는 십 대의 추억이 담긴, 그리고 가족이 있는 14번가를 떠나기로 결정한 것이다.

그날은 이사 갈 집을 알아보기 위해 기차를 타러 가는 길이었다. 마지막으로 지나치는 거리, 더 이상 마주하지 않을 사람들. 떠날 생각을 하니, 이날따라 이 거리가 무척이나 생소하게 느껴졌다.
'저기에 이런 곳이 있었나?'

그녀는 14번가역에 도착해 기차에서 읽을 부동산 신문을 사러 (매물로 나온 집을 찾아볼 겸, 요즘 월세 시세도 알아볼 겸) 역

앞 신문 가판대에 들렀다.
"2달러에요. 옆에 있는 연예스포츠신문도 한 부 가져가세요. 어차피 매일 남는 게 신문이고, 부동산 신문이라는 건 원체 볼거리가 없어요. 가고 싶은 곳은 늘 생각보다 비싸니까."
가판대에 앉아있는 곱슬머리 청년이 말했다.

브릴린은 곱슬머리 청년을 바라보았다. 입에는 분홍색 초콜릿이 코팅된 도넛을 물고, 한 손에는 커피를, 다른 한 손에는 펜을 들고서 일간지 마지막 페이지에 있는 십자말풀이 퀴즈를 풀고 있는 이 청년은 14번가에서 처음 보는 얼굴이었다. 초록색 눈과 그을린 피부 위에 있는 주근깨까지, 그녀는 곱슬머리 청년의 무심한듯한 친절함에 마음이 조금 설렜다.
'이런 사람이 우리 동네에 있었나?'

"아, 감사합니다."
그녀는 2달러를 내고 신문 두 부를 챙겼다. 아직 기차가 도착하기까지 20분 남았다. 부동산 신문을 펼쳐 대강 훑어보았다. 역시나 마음에 드는 집은 없었다. 혹여 마음에 드는 곳을 찾더라도 가격이 비쌀 거라는 확신이 들었다.

그녀는 신문을 접고, 역 밖으로 나왔다. 따지고 보면 이사가 그리 급한 것은 아니라는 생각이 들었기 때문이다. 지겨운 것은 14번가가 아니라, 얼마 전 헤어진 남자친구였다.

브릴린은 한결 가벼워진 발걸음으로 집으로 향했다. 신문 가판대에 앉아 여전히 도넛을 먹고 있는 곱슬머리 청년에게 가벼운 눈인사를 건네며.

괜찮은 시작

'인생이 거창할 필요가 있을까!

어디든 나를 알아줄 친구들만 있다면,

'그 정도면 괜찮은 시작이야' 라고 젠은 생각했다.

캐리의 일기

원래 연애라는 것이 쉬운 일이 아니다. 두 사람이 만나고 헤어지는데 얼마나 많은 변수가 섞여 있겠어. 하다못해 삼십대 후반이 훌쩍 지나고 나니, 이제는 나서서 찾지 않으면 연애를 시작할 확률이 더욱이 낮아진다. 웬만한 사람들은 짝을 찾아 떠났으니까. 그러니 소개팅 자리를 찾는 것은 자연스러운 일이다.

다만, 누군가를 만나는 자리에서 솔직담백한 나의 모습을 보여주기란 쉬운 일이 아니다.

간혹은, 겉모습만으로 상대를 평가하고는 - 아, 저 사람이 왜 연애를 못하고 있었는지 알겠다 - 류의 후기를 남기는 멍청한 사람들이 자리에 나오기 때문에 더욱 그러하다.

그래서 소개팅 자리에 앉아 처음 보는 상대를 마주하고는,

> 첫째, 나한테는 아무런 문제가 없으며,
> 둘째, 아시다시피 인생도 연애도 타이밍이고,
> 셋째, 결국 나 역시도 타이밍의 문제로 이 자리까지 오게 되었다.

는 표현까지 해내야한다. 비언어적 행위로 말이다. 구차하게 하나하나 말로 풀고 있자면, 폼 잡고 나와 앉은 두 남녀가 이보다 비참해질 수 없기 때문이다. 금요일 저녁부터 그렇게 쓸쓸해질 필요는 없는 거잖아.

그래, 아무튼 이 자리가 어려운 자리라는 건 나도 충분히 이해한다. 그런데 오늘 소개팅 자리를 바람 맞춘 이 썩을 놈팡이는 도대체 얼마나 대단한 남자인 거야!

2022년 5월 7일
재수 없는 토요일

"도대체 왜..."

"또 화나려고 하네..."

조셉의 일기

어디부터 시작해야 할까…나는 소개팅을 즐겨하지 않는 편이다. 딸각딸각 구두를 신고, 옷매무새를 바로 하고, 90도의 경직된 자세로 앉아 나라는 사람을 소개하는 것이 참으로 나답지 않기 때문이다.

추가하자면, 소개팅 자리에서 먹는 식사는 무엇을 먹어도 늘 위가 쓰리다. 넘치는 위액을 감당할 만큼 음식을 편히 먹지 못해서인지, 한껏 긴장 한 나머지 소화 기능이 떨어진 것인지. 여러모로 안과 밖이 나답지 않은 것이 소개팅 자리다.

다만, 오늘 있어야했던 소개팅은 몇 주 전부터 레이가 강력하게 밀어붙인 자리었다. 나는 이런저런 이유를 대며 거절했지만, 레이는 더욱 적극적으로 자신이 소개하는 여성을 만날 것을 권유, 혹은 강조했다. '형, 둘이 함께 잠드는 침대가 얼마나 포근한지 알아?'라던가, '매일 아침 커피를 내려줄 사람이 있다는 것은, 오늘 하루도 행복할 수 있다는 의미다' 등의 메세지를 시도때도 없이 보내며.
결정적으로 레이의 이 한마디에 나는 백기를 들었다.
"형, 캐리는 달라."

아무튼, 이러한 사정으로 소개팅 자리에 나가게 되었다. 아니, 조금 더 구체적으로 말하자면, 나갔다가 다시 돌아오게 되었다. 캐리라는 여성분에게 진정 나다운 모습을 보여주기 위해 88년도 마이클 잭슨 월드 투어 때 사둔 아끼는 티셔츠를 입고 나갔기 때문이다. 도저히 그 티셔츠를 입고서는 검은색 슬립 원피스에 새하얀 털을 두르고 계신 숙녀분과 얼굴을 마주하고 식사를 할 수 없는 상태였다. 내게도 체면이라는 것이 있지 않은가.

아무튼... 소개팅으로 나의 짝을 찾는 것은 나답지 않은 일이다.

2022년 5월 7일
마음이 힘든 토요일

나도 멋지다고.

14번가에 사는 사람들

그들이 행복하기를 바라며.

갑자기 어른 | 에세이

위를 바라보는 삶은 좀 질린다. 나는 나를 바라보는 삶을 살아야지.

나를 아끼는 마음 | 에세이

아니, 솔직히 말해보자고. 우리는 정말 좋은 사람이 되어야 할까?

아무래도 좋은 하루 | 에세이

어떻게든 긍정적인 방향으로 내게 주어진 상황을 해석한다. 지금 나는 상처되는 일들은 잊고 살아도 되는 어른이니까.

내가 되고 싶은 사람 | 에세이

내가 되고 싶은 사람은, 나의 행복을 지켜내는 사람

스물다섯 가지 크리스마스 | 소설

매일이 크리스마스인 사람들을 위한 스물다섯 가지 단편 소설.

How To Love Myself 나를 아끼는 60가지 방법들 | 일러스트북

아무도 아껴주지 않는 나의 마음, 내가 먼저 아껴줄 수 있을까요?

폴라리또와 나 | 소설

어느 날 빙하가 녹았다. 북극곰 폴라리또와 친구들에게 펼쳐지는 여정을 담은 이야기.

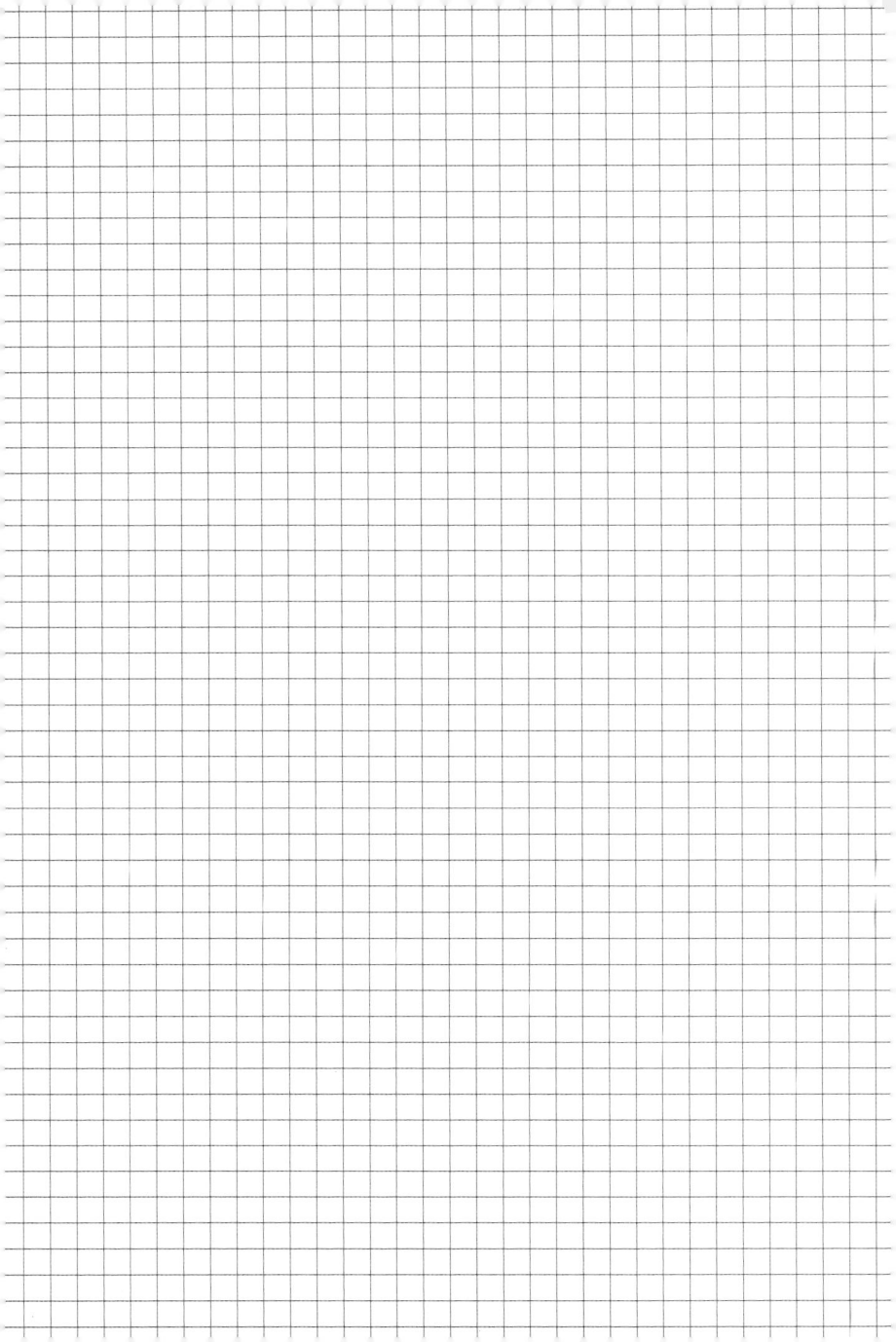